Arturo y el misterioso sobre

Un libro de capítulos de ARTURO de Marc Brown

ARTURO Y EL MISTERIOSO SOBRE

Traducido por Esther Sarfatti

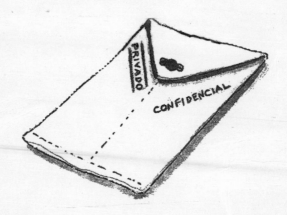

LECTORUM
PUBLICATIONS INC
a subsidiary of Scholastic Inc.
New York

ARTURO Y EL MISTERIOSO SOBRE

Spanish translation copyright © 2006 by Lectorum Publications, Inc.
Copyright © 1998 by Marc Brown.
"ARTHUR", "D.W.", and all of the Arthur characters are registered
trademarks of Marc Brown.
Originally published in the United States by Little, Brown and Company,
under the title ARTHUR'S MYSTERY ENVELOPE.

ISBN-10: 1-930332-93-9
ISBN-13: 978-1-930332-93-5
Printed in the U.S.A.
10 9 8 7 6 5 4 3 2 1

Library of Congress Cataloging-in-Publication Data:

Brown, Marc Tolon.
  [Arthur's mystery envelope. Spanish]
  Arturo y el misterioso sobre / traducido por Esther Sarfatti.
    p. cm. -- (Un libro de capítulos de Arturo de Marc Brown)
  Summary: It looks like trouble when the principal asks Arthur to take home a large
envelope marked "confidential."
  ISBN 1-930332-93-9 (pbk.)
  [1. Schools--Fiction. 2. Aardvark--Fiction. 3. Spanish language materials.] I. Sarfatti,
Esther. II. Title. III. Series: Brown, Marc Tolon. Libro de capítulos de Arturo de Marc
Brown.
PZ73.B68458 2006
[Fic]--dc22

006004684

Para mi maravillosa editora, María Modugno,
gracias a quien brilla la estrella de Arturo.

Capítulo 1

. . . .

Era la hora del almuerzo en la escuela elemental de Lakewood y la cafetería estaba llena de niños. Algunos habían traído bocadillos de casa. El resto comía el almuerzo de la escuela. El menú de hoy incluía una carne misteriosa cubierta de salsa.

Varios maestros paseaban por entre las mesas para mantener el nivel de ruido bajo control.

—Hay que hablar más bajo —dijo el señor Rataquemada—. Creo que nadie me escucha —se lamentó.

La señorita Aguadulce asintió: —Quizás es que no pueden oírnos —dijo.

En una de las mesas del centro, Arturo y sus amigos ya casi terminaban el almuerzo.

Arturo removía la comida con el tenedor:

—Incluso sin la salsa —dijo— no sabríamos qué clase de carne es ésta.

—¿Están listos, chicos? —preguntó Francisca.

—Listos —dijo Arturo. Apartó su bandeja.

—Más que listos —dijo Berto.

Comenzaron un juego de hockey de leche. Francisca y Susana formaban un equipo. Arturo y Berto el otro. Usaban un cartón de leche aplastado como disco, al que daban golpes de un extremo de la mesa al otro.

Francisca hizo un movimiento brusco a la izquierda y empujó el cartón más allá de la mano de Arturo. Berto trató de pararlo, pero el disco se deslizó hasta que cayó de la mesa.

—¡Gol! —dijo Fefa. Ella era la tanteadora oficial.

Francisca sonrió: —¡Sí que fuimos rápidas!

Arturo flexionó los dedos: —Es que nosotros necesitamos un rato para calentarnos.

—De acuerdo —dijo Susana—. Déjennos saber cuando estén bien tostaditos.

—Creo que nos hace falta un sustituto —dijo Berto. Miró a Betico Vega—: ¿Quieres jugar?

—No —dijo Betico, mientras aplastaba otro cartón con el puño. A él lo que le gustaba era preparar los discos.

—*¡Atención, por favor!*

La señorita Tintineo, la secretaria de la escuela, hablaba por el altavoz.

—*Arturo Read, por favor, diríjase al despacho del Director inmediatamente.*

El silencio se apoderó de la sala. Todos miraban fijamente a Arturo. Berto tenía la boca muy abierta. La mano de Betico, a punto de aplastar un cartón, se quedó paralizada.

—¡Oh, oh! —dijo Francisca.

—Lo mismo digo —añadió Fefa.

Susana se limitó a mover la cabeza.

—Ahora sí que estás metido en un buen lío, Arturo —dijo Berto. A veces el director, el señor Hernández, regañaba a Berto por correr por los pasillos. Pero solamente había ido una

vez a su *despacho*, por poner polvos pica-pica en el escritorio del señor Rataquemada.

—¿Estás bien, Arturo? —preguntó Francisca.

—Creo... creo que sí.

—No tiene aspecto de estar bien —dijo Susana—. Parece uno de esos ciervos que salen en las noticias. Los que miran fijamente los faros de los autos en la carretera.

—Está en estado de shock —dijo Betico—. No está acostumbrado a ir al despacho del director. Yo podría encontrar el camino con los ojos vendados y una mano atada a la espalda.

—¿Qué hiciste, Arturo? —preguntó Francisca.

Arturo movió la cabeza: —No lo sé. Nada que yo recuerde.

Betico resopló: —Ni te molestes en darle esa excusa al señor Hernández. En mi caso nunca ha funcionado.

Arturo se levantó: —Bueno, supongo que debo ir ya.

—Me alegro de haberte conocido —dijo Francisca.

—Buena suerte —dijo Berto—. Y si no tienes intención de comerte esas papas... —señaló el plato de Arturo.

Arturo deslizó la bandeja hacia Berto:

—Come lo que quieras —dijo—. Yo acabo de perder el apetito.

Capítulo 2

· · · · · · · · · · ·

Cuando Arturo volvió al aula, sus amigos corrieron hacia él.

—¡Sobreviviste! —dijo Berto.

—Sin señales aparentes de tortura —añadió Betico, un poco decepcionado.

—¿Qué pasó? —preguntó Francisca.

Arturo suspiró: —El señor Hernández me dio esto —les enseñó un gran sobre marrón—. Dijo que era para mi mamá.

—¿Eso es todo? —preguntó Fefa. Se acercó para verlo mejor—. ¿Qué hay dentro? ¿Está cerrado?

Francisca agarró el sobre: —Está cerrado, no hay duda—. Lo miró a contraluz—. Es demasiado grueso para poder leer algo.

—Sacúdelo —dijo Berto, parando las orejas.

Francisca sacudió el sobre por un momento. Éste crujió ligeramente: —Eso no revela nada —dijo.

Betico cruzó los brazos: —Vamos a abrirlo y punto.

—No puedo —dijo Arturo—. Está dirigido a mi mamá. Y mira lo que pone: PRIVADO y CONFIDENCIAL.

—Eso es mala señal —dijo Berto—. Las buenas noticias nunca son privadas.

—Además —dijo Betico—,¿cómo vas a pensar en una excusa si no sabes en qué tipo de lío te has metido?

—¿El señor Hernández no te dio ninguna pista? —preguntó Francisca.

—Dijo que era importante —dijo Arturo, agarrando el sobre—. Y nada más.

—Si fueran buenas noticias —dijo Fefa—, el señor Hernández te lo habría dicho. Mi mamá siempre me informa enseguida si hemos comprado una limusina nueva o si la cocinera está preparando un postre especial para la cena.

—No dijo nada parecido —admitió Arturo.

—Eso significa que son malas noticias —dijo Francisca—. La pregunta es, ¿cuán malas son?

Arturo no quería ni pensar en eso.

Betico se rió: —¡Ya sé! Apuesto a que perdiste un libro de la biblioteca.

—No creo que el señor Hernández esté al tanto de los libros que sacamos de la biblioteca —dijo Arturo—. Además, acabo de devolver todos los que yo tenía.

—¡Oh, no! —dijo Francisca.

—¿Qué pasa? —dijo Fefa.

—Dínoslo —dijo Berto.

—¡Dímelo! —dijo Arturo.

—Olvídalo —dijo Francisca—. Es tan terrible que no quiero ni pensarlo.

Arturo se quedó pálido: —Por eso mismo tienes que contármelo.

—De acuerdo —dijo Francisca—. Pero recuerda que tú me obligaste —se estremeció—. ¿Y si no aprobaste el examen de historia del señor Rataquemada?

Arturo frunció el ceño. El gran examen había tenido lugar la semana anterior y había sido muy duro.

—¿Recuerdas, Arturo? Después del examen me dijiste que habías puesto que los Peregrinos llegaron a América en 1620.

—Pero, Francisca, es que los Peregrinos *llegaron* a América en 1620.

Francisca se quedó sorprendida: —¿De veras?

Todos asintieron con la cabeza.

—Bueno, aun así... —Francisca señaló el sobre—. La prueba está aquí mismo. Y si suspendiste el examen, es posible que suspendas el curso entero. Y ya sabes lo que eso significa: la escuela de verano.

Arturo se sentó y pensó en su porvenir. La escuela de verano. Era lo peor que podría pasarle.

Se imaginó a sí mismo encadenado a la pared de una mazmorra oscura. Al otro lado de una ventana con rejas podía oír a sus amigos jugando afuera. Miró a través de las rejas. Berto y Cerebro armaban una tienda de campaña. Fefa y Prunela patinaban.

Arturo miró alrededor de su celda. Estaba solo, su única compañía eran unos libros voluminosos y polvorientos. En ese momento entró el guardia, el señor Rataquemada, sorbiendo ruidosamente un helado. Unas gotas cayeron en las losas del suelo, justo fuera del alcance de Arturo.

—¡Despierta, Arturo! —dijo Berto.

Arturo miró a su amigo como si no lo viera.

—Ya sabes lo que dicen —siguió Berto—. Los que no aprenden la historia están condenados a repetirla.

Arturo suspiró. Con historia o sin ella, tenía la certeza de estar condenado.

Capítulo 3

Arturo hubiera podido llevar el sobre directamente a casa después de la escuela, pero no lo hizo.

—El señor Hernández no dijo *cuándo* tenías que entregarle el sobre a tu mamá —le dijo Cerebro—. Según la ley internacional, tienes el derecho de elaborar un plan.

Estaban sentados ante una mesa en El Azucarero con Berto y Francisca. Prunela y Fefa estaban en la mesa de al lado.

Arturo había comprado algunos caramelos, pero no los comía. Se limitaba a moverlos en la mesa. Con los caramelos había formado un rectángulo con un gran signo de interrogación en el centro.

Cerebro miraba fijamente el sobre de Arturo: —Cuánto me gustaría tener visión con rayos-X… —dijo.

Berto agarró el sobre: —¡Tenemos que hacer algo! No quiero pasarme todo el verano haciendo cosas divertidas sin ti —deslizó el sobre hacia el borde de la mesa—. ¿Y si lo perdieras sin querer?

Empujó el sobre hasta que se cayó al suelo.

—Podría ir a parar a una papelera. O a una máquina trituradora. Y después a un vertedero de basura, donde sólo las gaviotas podrían leerlo. Y la verdad es que nos da igual lo que piensen las gaviotas.

—Eso es cierto —dijo Arturo.

Prunela levantó el sobre.

—No le hagas caso, Arturo. Él no piensa en las consecuencias. Tienes que pensar de forma que no te echen la culpa al final —hizo una pausa—. Quizá podrías esconderlo en la cesta de la ropa sucia y así acabaría en la lavadora —agarró el sobre y fingió que estaba tan mojado que chorreaba—. Así tu mamá no podrá leerlo, pero no será tu culpa.

—La cesta de la ropa sucia —dijo Arturo—. Interesante.

—No es nada interesante —dijo Fefa—. Es arriesgado. Lo que tienes que hacer es irte lo más lejos posible de tu casa. Compra un billete de avión de primera clase a Alaska o a Tombuctú.

—No tengo tanto dinero —dijo Arturo, mirando su reloj. Era hora de ir a casa.

Todos salieron a la calle.

Francisca seguía preocupada: —Tiene que haber una forma de salir de esto —dijo.

Cerebro señaló hacia la alcantarilla:

—Podrías dejarlo caer por aquí —dijo—. La corriente se lo llevaría al Lago de los Osos y de allí hasta el Río de las Nutrias. Una vez en el puerto, iría a parar al mar, quizá incluso llegaría a Europa. Y si llegara a la otra orilla, lo encontraría una madre, pero ella

probablemente no entendería inglés, así que no habría problema.

—Europa está muy lejos —dijo Arturo.

Francisca le quitó a Cerebro el sobre de las manos: —No lo hagas, Arturo —dijo—. Si tratas de perderlo, te meterás en un doble lío: por perderlo, y por lo que hayas hecho en primer lugar.

Le entregó el sobre a Arturo.

—Todo esto parece tan injusto —dijo Arturo—. ¡Yo no hice nada! Tendré que darle el sobre a mi mamá y esperar a ver qué pasa.

Había pensado que se sentiría mejor después de decirlo. Pero no fue así.

—Ése sería el último recurso —dijo Cerebro—. Pero, por supuesto, el que debe decidir eres tú.

Capítulo 4

• • • • • • • • • • •

—¡Hola! —saludó Arturo en voz baja.

No había nadie en la cocina salvo su perro, Pal. Pero Arturo sabía que su mamá estaba en casa. Su auto estaba en el camino de entrada.

—Pero es posible que esté ocupada —le dijo a Pal—. De hecho, estoy seguro de que está ocupada. Quizás esté trabajando o ayudando a D.W. o cuidando a la pequeña Queta. No quiero molestarla.

Pal ladró.

—¿Tienes hambre? —preguntó Arturo.

Pal meneó el rabo.

Arturo dejó la mochila sobre la mesa. Una esquina del sobre del señor Hernández sobresalía por debajo de la solapa. Arturo se puso a lavar el plato de Pal.

—El señor Hernández me dijo que el sobre era para mamá —le explicó Arturo a Pal—. Pero no me dijo nada del contenido.

Pal ladró.

—No —dijo Arturo—, no me puedo comer el sobre.

Pal volvió a ladrar.

—No, tampoco puedo enterrarlo en el jardín.

Arturo puso el plato vacío en el suelo. Pal gimió para expresar su decepción.

—Todos mis amigos piensan que contiene malas noticias —continuó Arturo.

Pal siguió gimiendo.

—Francisca cree que suspendí el examen de historia. Dice que tendré que ir a la escuela de verano —Arturo hizo una mueca.

Pal comenzó a saltar a su lado.

Arturo fue a la despensa a buscar la comida de Pal: —Quizá lo deje aquí a la vista sin decir nada. El señor Hernández dijo que lo tenía que llevar a casa. No dijo exactamente que tenía que *entregárselo* a mamá. Tal vez ella ni se dé cuenta.

Arturo puso el plato en la mesa y abrió la mochila. Sacó cuidadosamente el sobre y lo dejó al lado del plato.

—¿Y eso qué es?

Arturo se dio la vuelta y vio a su hermanita D.W. a la entrada de la cocina.

—¿Qué es qué?

D.W. señaló con el dedo: —Ese sobre, bobo.

—¡Nada! —gritó, inclinándose sobre la mesa—. Es sólo un sobre viejo. Uno podría pasar junto a él durante semanas sin siquiera darse cuenta de que está ahí. Y aunque lo vieran, nadie se molestaría en abrir un sobre tan insignificante como éste.

—Eso no tiene sentido —dijo D.W. —. Qué cosas más raras dices.

—No digo cosas raras —dijo Arturo. Se enderezó y cruzó los brazos—. Estoy preocupado. O sea, no estoy preocupado. Estoy apurado. Eso es, apurado. En tercero hay mucho que hacer.

D.W. se subió a una silla y miró a Arturo fijamente a los ojos: —Tú no me engañas —le dijo—. Yo sé cómo te pones cuando estás preocupado.

Arturo parpadeó: —¿De verdad?

D.W. asintió con la cabeza: —Sí. Te salen arrugas.

—¿Arrugas?

D.W. volvió a asentir: —No me extraña. Hay muchas cosas por las que te podrías preocupar. Por ejemplo, porque tal vez un día seas demasiado viejo para que te den regalos de cumpleaños. O porque realmente creas en el hombre del saco y te preocupe que venga a por ti la primera vez que se te olvide mirar debajo de la cama.

Arturo suspiró: —Ésas son preocupaciones normales. Preocupaciones de cada día. Ésas no me asustan.

D.W. lo miró atentamente: —¿Quieres decir que hay algo *más*? Venga, cuéntamelo.

—¡Bueno, de acuerdo! —dijo Arturo—. El director me dio este sobre para mamá. Eso es todo. Ahora, ¡déjame tranquilo!

Pero D.W. todavía no estaba satisfecha. Miró el sobre: —¿Qué son estas palabras? —preguntó.

—¿Qué palabras?

—Esas grandes en la parte de delante.

—PRIVADO y CONFIDENCIAL.

D.W. frunció el ceño: —Entiendo PRIVADO. ¿Qué significa CON-FI-DEN-CIAL?

Arturo suspiró: —Que sólo mamá puede ver lo que hay dentro.

D.W. abrió mucho los ojos. Bajó de la silla y fue brincando hacia el pasillo, cantando:

Arturo está metido en un lío.
Arturo está metido en un lío.

Por una vez, Arturo no discutió con ella. Sabía que su hermana tenía razón.

Capítulo 5

· · · · · · · · · · · ·

Lo bueno era que D.W. de pronto había parado de cantar. Lo malo era que había parado porque había chocado con su mamá.

—Más despacio, cariño. No nos podemos permitir el lujo de instalar un semáforo aquí.

La señora Read le dio un beso a D.W. Tenía las manos llenas de papeles.

—¡Vaya día! Aunque tuviera dos cabezas y cuatro manos, todavía estaría atrasada con el trabajo.

La señora Read era contable. Siempre se ponía un poco nerviosa durante la época de los impuestos.

—Mamá, Arturo se comporta de forma un poco rara. Vino a casa con un...

—Oye —dijo Arturo—. Eso a ti no te importa.

—¡Por favor, Arturo! —dijo su mamá—. Ahora no, D.W. Tengo que hacer algunas llamadas.

Dejó los papeles en la cocina.

—Arturo, ¿qué es esto?

Arturo se encogió: —¿Eso?

—Sí, eso —señaló el sobre que estaba en la mesa y el plato de Pal.

—¿La mesa? ¿Aquí? ¿En la cocina?

Su mamá se cruzó de brazos: —Sí, la mesa de la cocina. ¿Desde cuándo Pal come en la mesa?

Arturo respiró aliviado.

—No come en la mesa.

—Entonces, ¿por qué dejaste su plato en la mesa? —Ella lo recogió y lo puso en el suelo—: De verdad, Arturo, deberías tener más cuidado.

Arturo seguía nervioso, pero la señora Read

levantó el teléfono y marcó un número. Dejó un mensaje con la secretaria.

—Es la tercera vez que llamo esta tarde. Es simplemente imposible dar con ese hombre —miró a Arturo—. ¿Todo va bien? Pareces un poco pálido.

—Claro que sí —dijo Arturo—. Sólo estaba pensando en, eh… poner la mesa para la cena —comenzó a sacar tenedores y cuchillos de un cajón y fue colocándolos delante de cada silla.

—Llegó el correo —dijo el señor Read, entrando con un montón de cartas en las manos. Las dejó caer encima del sobre de Arturo.

—¿Cómo están todos hoy?

—Cariño, tienes nata detrás de la oreja.

—¿De veras? Pensé que me la había quitado —se limpió la nata con un dedo—. Estuve experimentando con un postre nuevo.

El señor Read estaba muy ocupado con su negocio de comidas preparadas.

—Espero que nadie se haya lastimado —dijo la señora Read.

El señor Read suspiró: —Nadie, sólo la corteza de la tarta no sobrevivió.

Sonó el teléfono.

—Yo voy —dijo la señora Read, recogiendo el correo, junto con el sobre—. ¿Diga? Ah, hola, Lea.

Comenzó a revisar el correo.

Una de las cartas fue directamente a la papelera.

—No, no es que no me alegre de recibir tu llamada. Sólo que esperaba que fuera Heriberto.

Apartó una factura para mirarla más adelante.

—Necesito que me prepare unos papeles.

Hojeó una revista.

—Sí, lo sé. Hay que entregarlo todo el lunes.

Arturo miraba a su mamá con un sentimiento de malestar creciente. Se dirigió sigilosamente hacia la puerta. Su mamá había llegado al sobre del señor Hernández.

De pronto el agua que se calentaba en el fogón comenzó a hervir a borbotones.

—Tengo que dejarte —dijo la señora Read—. Luego hablamos, Lea —colgó el teléfono y dejó caer el sobre en el borde de la mesa. Se dirigió hacia la cocina.

El sobre se tambaleó unos segundos y cayó a la papelera.

Arturo sintió un gran alivio. Él era inocente. Él no había puesto el sobre en la papelera. Otra mano lo había guiado hasta allá. Era el destino. Era como tenía que ser.

Capítulo 6

• • • • • • • • • • •

Arturo no tenía apetito alguno. ¿Cómo podía concentrarse en comer? Cada vez que levantaba la vista, veía el sobre que asomaba por la papelera.

Ni siquiera el hecho de que había hamburguesas y croquetas de papa para la cena lo entusiasmaba. Su hamburguesa, a medio comer, parecía una luna creciente en el plato. Normalmente apilaba las croquetas para formar la muralla de un castillo y luego alineaba las habichuelas verdes como caimanes en el foso. Pero hoy se había limitado a aplastar las croquetas y las habichuelas con el tenedor. Parecían pequeñas alfombras con flecos.

—¿Tratas de evitar que se te desgasten los dientes, Arturo? —le preguntó su mamá.

Arturo parecía confuso.

Mamá señaló el plato de Arturo con el dedo:

—Hiciste un puré con la comida. Supongo que sabes que tienes que comértela. No nos gusta tirar comida.

Arturo dio un pequeño mordisco.

Su papá se sirvió un poco de ensalada:

—Estás muy callado esta noche, Arturo —dijo.

Arturo se removió en la silla: —Es que hemos trabajado mucho hoy en clase. —Miró a su papá—: Cuando tú ibas a la escuela, ¿eran importantes los exámenes?

—Por supuesto. No teníamos tantas evaluaciones como tienen los niños hoy en día. Algunas veces un solo examen podía determinar la mitad de la nota final que íbamos a recibir.

—¿Tanto?

Su papá sonrió: —Sin lugar a dudas. Yo no diría que ustedes lo tienen fácil, pero sí que tienen más opciones.

—Pero lo más importante —dijo la señora Read— es que te esfuerces al máximo.

—Yo siempre me esfuerzo al máximo —dijo D.W., mientras cambiaba sus croquetas por las de Queta—. Todo eso forma parte de mi plan.

—¿Y qué plan es ése, cariño? —le preguntó su mamá.

—Su plan de dominación mundial —dijo Arturo.

—¡Arturooo! —dijo su papá.

—Lo siento —Arturo cambió de tema—: ¿Crees que todo lo que se hace en la escuela es importante? ¿O sea, no son algunas cosas más importantes que otras?

El señor Read movió la cabeza: —Eso es difícil de decir. Cuando yo tenía tu edad, nunca pensé en abrir un negocio de comidas preparadas. Y aunque yo trabajo con alimentos, tengo que saber matemáticas para llevar mi negocio y tengo que saber escribir para poder anunciarme.

—¿Y qué me dices de, por ejemplo, la historia? —preguntó Arturo—. Eso no tendría mucha importancia, ¿verdad?

—La historia también es importante —dijo su papá—. Quizá quiera estudiar recetas antiguas o crear una comida que tenga un motivo histórico.

—Ya entiendo —dijo Arturo, aunque hubiera preferido no entenderlo.

—Lo más sensato es aprender de todo —dijo su mamá—. Nunca sabes lo que te puede hacer falta en el futuro —miró hacia el otro lado de la mesa—. Arturo, pásame las croquetas, por favor.

Arturo agarró el bol.

D.W. sonrió: —Arturo, ya que estás en eso, ¿no hay otra cosa que quieras darle a mamá?

Faltó poco para que Arturo le diera una patada a D.W. bajo la mesa: —Sólo las gracias —dijo Arturo— por esta cena tan rica.

Puso un poco del puré de croquetas y habichuelas en el tenedor y se lo llevó a la boca.

Su mamá lo miró: —Gracias, Arturo... supongo.

Quizás hubiera continuado, pero sonó el teléfono. Se levantó de un salto para contestarlo.

Salvado por la campana, pensó Arturo... al menos por ahora.

Capítulo 7

● ● ● ● ● ● ● ● ● ● ●

Después de la cena, Arturo fue a su habitación para hacer la tarea.

Piensa en una palabra que rime con sobre *y* pobre.

—¡Nooooo! —dijo Arturo.

Rápidamente pasó a las tareas de matemáticas. Para abordar el primer problema, tenía que cortar un rectángulo en dos partes.

—Ojalá pudiera cortar ese sobre en dos partes —dijo Arturo.

Otra pregunta trataba de una saca de correos llena de cartas. No mencionaba la palabra *sobre*, pero Arturo no podía pensar en otra cosa.

Arturo comenzó a garabatear en el margen del papel. Dibujó un rectángulo, un rectángulo enorme, el rectángulo más grande del mundo.

Pero, ¿se trataba de un simple rectángulo? No, era un sobre gigantesco, y perseguía a Arturo colina abajo. El sobre avanzaba dando vueltas. Arturo apenas podía esquivarlo.

—No corras —decía el sobre—. Sé que cabes perfectamente en mi interior. Y no te preocupes. Nunca te dejaré salir.

—No, gracias —dijo Arturo—. Me quedaría aplastado —y comenzó a correr más rápido.

—Eso no es culpa mía —dijo el sobre, jadeando—. Lo que pasa es que no estoy en buena forma.

Arturo se restregó los ojos. Necesitaba un descanso.

Echó un vistazo a la habitación de Queta. Ya estaba dormida.

—Qué suerte tienen los bebés —murmuró—. No tienen que preocuparse por los sobres. Ni por los exámenes de historia.

Ni por la escuela de verano. Sólo tienen que hacer monerías y ensuciar los pañales.

Queta se dio la vuelta en la cuna y se quedó destapada.

Arturo le colocó la manta: —Qué felices tiempos aquéllos —suspiró.

Su mamá estaba sentada en su oficina. Mordisqueaba un lápiz y tarareaba una canción mientras trabajaba. Arturo pasó de puntillas por delante de la puerta. Su papá y D.W. estaban viendo *Los gatitos karaoke* en la televisión.

Los gatitos llevaban sombreritos de paja y bailaban en fila mientras cantaban.

—Esos gatitos están locos —dijo D.W.—. Mira lo que van a hacer ahora. Ésta es la mejor parte.

—¿Cómo lo sabes? —preguntó su papá.

Arturo se sentó: —Ha visto este episodio ochenta y cuatro veces —explicó.

—Esto se anima cada vez más —dijo D.W., moviendo la cabeza al ritmo de la música.

Su papá tarareaba la canción: —No todos los gatitos saben bailar así —puntualizó—. Hay que ensayar mucho.

Salió un anuncio.

—¿El estrés de la vida diaria lo deprime?

Arturo asintió con la cabeza.

—¿Tiene la sensación de no tener el control de su vida?

Arturo volvió a asentir.

—Y ese golpeteo constante en la cabeza. . .

Arturo se tapó la cabeza con los brazos.

—Si quiere volver a ser la persona que siempre fue, pruebe Sindolor o Sindolor Plus. Su dolor de cabeza desaparecerá en cuestión de minutos.

Arturo se levantó. Ojalá pudiera deshacerse de su problema con una simple pastilla. Pero las cosas no eran tan fáciles.

—Pareces muy cansado, Arturo —le dijo su papá.

—Lo estoy —admitió Arturo.

—¡Silencio! —dijo D.W.—. Los gatitos van a cantar "Bola de pelo". Me encanta esa canción.

Arturo no se quedó a escucharla. Dio las buenas noches en voz baja y se fue a la cama.

Capítulo 8

Mientras Arturo se preparaba para acostarse, se sorprendió contemplando la almohada. Nunca se había fijado en lo mucho que se parecía a un sobre lleno.

Al cepillarse los dientes, Arturo se acercó al espejo. Sus dientes parecían filas de pequeños cuadraditos.

"Casi como sobres", pensó.

Mirara donde mirara —el papel pintado de las paredes, la alformbra, el estampado de la manta— veía sobres. Los había de todos los tamaños y formas.

—Tengo sobres en mi cerebro —decidió—. Lo que necesito es un buen descanso.

Arturo se metió en la cama y se tapó con la manta.

—¿Estás despierto, Arturo?

D.W. estaba a la entrada de la habitación.

—No. Estoy profundamente dormido. No eres más que una pesadilla. Vete.

—Si estás profundamente dormido, ¿cómo puedes decirme que me vaya?

Arturo se incorporó: —¿Qué quieres?

—Quiero saber en qué lío te metiste.

—No hay ningún lío, D.W.

D.W. no estaba convencida: —¿Qué había en ese sobre misterioso?

—No lo sé —dijo Arturo sinceramente.

—¿Mamá no te dijo nada?

—No, nada.

—Ah —D.W. estaba decepcionada—. No te preocupes. Estoy segura de que te meterás en un lío por alguna otra cosa.

—Gracias, D.W. Ahora me siento mucho mejor.

—De nada —dijo D.W., y se fue a su habitación.

Arturo miró el techo. En realidad, le había dicho la verdad a D.W. Su mamá *no* le había dicho nada acerca del contenido del sobre. Claro que eso era porque todavía no lo había *visto*. El sobre seguía en la papelera.

"¿Y por qué no podemos dejarlo allí y ya está?" pensó Arturo.

Cerró los ojos un instante.

Abrió los ojos.

Arturo oyó el crujir de unos papeles. ¿De dónde venía ese ruido? Se levantó de la cama y prestó atención.

El ruido venía de abajo.

Arturo siguió el ruido hasta la cocina. La papelera se movía, como si algo estuviera dando brincos en su interior. Arturo miró adentro. ¡El sobre del señor Hernández crecía ante sus ojos! Ya no cabía en la papelera.

Arturo sacó el sobre de la papelera y corrió hacia arriba. El sobre se estremecía en sus manos. Había crecido tanto que era difícil de llevar. Arturo lo arrastró por el suelo hasta el cuarto de baño. Lo alzó para meterlo en la bañera y cerró las cortinas de la ducha.

Las cortinas se balanceaban y temblaban.

Arturo gritó y corrió escalera abajo, derecho a los brazos de su mamá.

—¿Qué pasa? —le preguntó ella.

—Tenemos que salir de la casa ahora mismo, mamá. ¡El sobre no para de crecer!

Según salían afuera, una esquina del sobre se deslizó por una ventana. Otra salió de pronto por la chimenea.

—¿Qué pasa? —volvió a preguntar su mamá.

—Es el sobre —gritó Arturo—. ¡No lo abras! ¡Podría ser algo horrible!

En ese momento, el tejado salió volando. El sobre se elevó y la solapa se abrió.

De su interior salió D.W.

—Me engañaste, Arturo —dijo—. Ni siquiera se lo dijiste a mamá.

—¡Nooooo! —gritó Arturo.

Capítulo 9

• • • • • • • • • • •

Arturo se despertó. Se tapó la cara con las manos.

—No puedo seguir así —murmuró—. Hasta la escuela de verano sería mejor que esto.

Bajó por las escaleras. Su papá seguía viendo televisión. Había un programa de cocina.

—*La combinación de perejil, salvia, romero y tomillo puede quedar bien en la letra de una canción, pero no los use juntos para cocinar.*

—Quizá merezca la pena probarlo —decía el señor Read para sí mismo—. Tal vez en una sopa…

Arturo siguió adelante. Sus pies pesaban como el plomo y sus piernas parecían moverse a cámara lenta.

El sobre seguía en la papelera. Arturo lo sacó.

Se acercó al comedor, donde su mamá tenía su área de trabajo.

Todavía había luz.

Arturo respiró hondo: "No tendré tranquilidad hasta que se lo enseñe".

Entró en el comedor.

—¿Tienes un segundo, mamá?

Su mamá soltó el bolígrafo: —Para ti, incluso dos segundos. Pero ¿qué haces despierto a estas horas?

Arturo respiró hondo: —Es de lo que tengo que hablar contigo. Había algo que tenía que haber hecho nada más llegar a casa. Pero estaba preocupado porque a lo mejor me había metido en un lío y no lo hice, y ahora tengo miedo de que te enojes...

—¡Más despacio, Arturo! ¿De qué hablas? Me lo puedes contar. No me enojaré.

—¿Me lo prometes?

Su mamá asintió con la cabeza.

Arturo le entregó el sobre. Ella lo abrió y miró adentro.

—¡Ah! ¡Aquí está! —frunció el ceño—. Llevo toda la noche esperando este sobre.

Arturo bajó la mirada: —Dijiste que no te enojarías.

—Sí, sí, lo dije —su mamá respiró hondo—. Bueno, no estoy enojada exactamente. Más bien estoy *frustrada*. Estoy muy frustrada. Llevo horas tratando de localizar a Heriberto. Necesito esta información.

—Pero esto es del señor Hernández.

—Se llama Heriberto.

Ella echó un vistazo a los papeles.

—Oye, mamá.

—Hmmmm... ¿Sí, Arturo?

—Qué es lo que hay en el sobre?

Su mamá levantó la cabeza: —Documentos fiscales. Estoy preparando su declaración de la renta.

—¿No tiene nada que ver conmigo?

—No, ¡a menos que quieras ayudar al señor Hernández a pagar sus impuestos!

Arturo se rió: —Adiós a la escuela de verano —murmuró.

La señora Read apartó los papeles un momento: —Ahora creo que entiendo lo que pasa —dijo—. Pero Arturo, aunque esto tuviese algo que ver contigo, nosotros tenemos que saberlo.

—¿Y si fuera algo malo?

Su mamá suspiró: —Dejar a un lado las malas noticias no sirve para mejorar las cosas. A veces incluso las empeora. Además, papá y yo no podemos ayudarte a solucionar un problema si no sabemos que lo tienes.

Arturo asintió con la cabeza: —Supongo que es cierto.

—Bueno, por la mañana podemos seguir hablando. Ahora vuelve a la cama, cariño. Es muy tarde.

Ella le dio un beso.

Tanta preocupación para nada, pensó Arturo. Se había torturado toda la tarde y toda la noche sin motivo.

—Anímate, Arturo —dijo su mamá—. Espero que no estés decepcionado. Porque si de verdad quieres estar metido en un lío, seguro que puedo hacer algo…

—¡Buenas noches, mamá! —dijo Arturo rápidamente mientras corría hacia la puerta.

Capítulo 10

· · · · · · · · · · ·

Era muy tarde ya para poder llamar a sus amigos, pero se imaginaba cómo iban a reaccionar.

—¿Todavía estás vivo? —diría Francisca—. ¡Enhorabuena!

Berto también estaría contento: —¡Ahora podremos pasar juntos el verano entero! Y si te metes en algún lío, yo estaré a tu lado para ayudarte.

—¡Vaya! —diría Betico—. ¿Te libraste otra vez? No me lo puedo creer.

Cuando Arturo estaba a punto de subir las escaleras, vio que D.W. estaba despierta.

—Bueno, ¡dime qué pasó! —le dijo—. ¿Te

van a castigar un año entero? ¿Te mandan a la cárcel? ¿Me dejas tu habitación?

—Ustedes dos, ¡a la cama! —gritó su mamá.

—Sólo voy a buscar agua —dijo D.W., mirando fijamente a Arturo—. Bueno, cuéntame...

Arturo se encogió de hombros: —Siento decepcionarte, D.W., pero no hay nada que contar. No sé de dónde sacas esas ideas tan descabelladas.

—¿Ideas descabelladas? ¿De dónde las saco? —se detuvo a pensar—. Vamos a ver. No era yo la que estaba aterrorizada, ni temblorosa como un flan.

—¿Aterrorizado? ¿Tembloroso? —Arturo abrió mucho los ojos—. ¡Qué imaginación tienes!

—Vamos —dijo D.W.—. Dime, ¿te vas a ir a vivir al garaje? ¿Pal también se va contigo? ¿Vamos a...

—Ya está bien de preguntas —dijo Arturo—. No pienso contarte nada.

—¿Cómo que no?

Arturo sonrió: —D.W., este misterio lo tendrás que resolver tú solita.

D.W. le hizo una mueca, pero a Arturo no le importó. Por fin se sentía mejor.